Professor, carta para você

Sérgio Vieira Brandão

Professor, carta para você

(Baseado em uma história real)

Dados Internacionais de Catalogação na Publicação (CIP)
(Câmara Brasileira do Livro, SP, Brasil)

Brandão, Sérgio Vieira
Professor, carta para você: (baseado em uma história real) / Sérgio
Vieira Brandão. – 3. ed. – São Paulo : Paulinas, 2010. – (Coleção
educação e cidadania)

ISBN 978-85-356-0973-8

1. Avaliação educacional 2. Educação – Ficção 3. Educação –
Finalidades e objetivos 4. Prática de ensino 5. Professores – Formação
profissional I. Título. II. Série.

10-03047 CDD-370.11

Índice para catálogo sistemático:

1. Educação : Finalidades e objetivos 370.11

3ª edição - 2010

Direção-geral: *Flávia Reginatto*
Editora responsável: *Maria Alexandre de Oliveira*
Assistente de edição: *Rosane Aparecida da Silva*
Coordenação de revisão: *Marina Mendonça*
Revisão: *Viviane Oshima e Ruth Mitzuie Kluska*
Direção de arte: *Irma Cipriani*
Gerente de produção: *Felício Calegaro Neto*
Capa: *Telma Custódio*
Editoração eletrônica: *Andrea Lourenço*

*Nenhuma parte desta obra poderá ser reproduzida ou transmitida
por qualquer forma e/ou quaisquer meios (eletrônico ou mecânico,
incluindo fotocópia e gravação) ou arquivada em qualquer sistema ou
banco de dados sem permissão escrita da Editora. Direitos reservados.*

Paulinas

Rua Inácia Uchoa, 62
04110-020 – São Paulo – SP (Brasil)
Tel.: (11) 2125-3500
http://www.paulinas.org.br – editora@paulinas.com.br
Telemarketing e SAC: 0800-7010081

© Pia Sociedade Filhas de São Paulo – São Paulo, 2003

"Se não morre aquele que planta uma árvore
e nem morre aquele que escreve um livro
com menos razão morre o educador
porque ele planta nas almas
e escreve nos espíritos."

(Bertold Brecht)

Apresentação

Este é um livro para quem gosta de mistério, suspense, aventura. É uma história que tem relação direta com educação. Mas não é um livro só para educadores – pelo menos no sentido tradicional da palavra. Deixando de lado as muitíssimas definições de educação, suas reduções e também as ampliações eruditas, chega-se à conclusão de que a vida, independentemente do trajeto que se faça, é um processo educativo. Durante toda a existência humana, a educação permeia a vida. Ou, como afirmou Carlos Rodrigues Brandão: "ninguém escapa da educação. Em casa, na rua, na igreja ou na escola, de um modo ou de muitos todos nós envolvemos pedaços de vida com ela: para aprender, para ensinar, para aprender-e-ensinar. Para saber, para fazer, para ser ou para conviver, todos nós misturamos a vida com a educação". É o processo de relação do homem com a sociedade. Por isso este é um livro que interessa a todos. E interessa mais ainda porque a história traz um mistério, que poderíamos dizer decorrente da escola; mas o que é a escola senão uma parte da vida? A educação é um processo, portanto implica formação e, em decorrência, ajuda a construir a história de cada um. Pois é justamente por meio de uma história ficcional que se pretende, com este livro, refletir o modo como cada ação pode influir no outro e na sociedade em geral. E mais, o que o ato educativo implica na cultura: conhecimentos, crenças, valores. Este é um livro para quem gosta de mistérios, para quem gosta de aprender e de ensinar – para quem gosta de viver.

Aluna "nota zero"

É o primeiro dia de aula na escola. Abraços efusivos, reencontros, alegrias. Alguns professores novos olham um pouco tímidos a profusão explosiva. As férias foram longas e merecidas, reiniciar é sempre uma alegria. A coordenadora busca uma forma de organizar o grupo. A diretora dá as boas-vindas, com uma voz grave e feliz.

Os professores, aos poucos, acomodam-se nas cadeiras e o silêncio baixa sobre a sala. A diretora transmite algumas informações de ordem administrativa. Uma professora chega atrasada, procurando não chamar atenção e ainda assim abanando e sorrindo para uma e outra colega – é Leda, a mais alegre e mais bem informada sobre tudo o que acontece na escola, a primeira a saber e a primeira a divulgar.

Agora a palavra está com a coordenadora, que dará início aos estudos do novo projeto político-pedagógico. A reunião começa a ficar cansativa, mas finalmente chega o intervalo para o cafezinho. Nesse momento são entregues pela secretária da escola algumas correspondências que foram acumuladas durante as férias. São folhetos de editoras, livros para análise com vista à adoção, contracheques, informativos do sindicato. Tudo corriqueiro. Apenas um professor recebe uma correspondência diferente: uma carta.

Acha estranho. Sacode o envelope: está pesado. Confere o destinatário: é ele mesmo. Olha o remetente: "Aluna nota zero".

A coordenadora pede que se dirijam todos ao refeitório.

Foi preparada uma surpresa pela equipe diretiva da escola. Não é um simples cafezinho. As mesas estão arrumadas com toalhas brancas. Em vez dos tradicionais biscoitinhos, os professores encontram tortas, bolos, pães, frios, sucos e frutas.

A coordenadora distribui uma mensagem de boas-vindas. Todos sentam-se alegres e atacam as delícias que ali estão sendo oferecidas.

Mauro, o professor de Matemática, não consegue conter a curiosidade. Serve-se de uma xícara de café para disfarçar e, em vez de comer, rasga o envelope e começa a ler.

Professor,

Talvez quando você chegue a ler esta carta, seja tarde para mim. Mas não para centenas, talvez milhares de alunos, que certamente passarão por você, que assistirão às suas aulas, durante os anos que continuar ensinando. Só em uma classe de oitava série, são cerca de trinta olhares baixos, temerosos; este número, multiplicado por trinta anos de profissão, chega a novecentos olhares que temem! Será que uma existência inteira de olhares que evitam o seu não é suficiente para se dar de conta de que é um professor indesejado, o mensageiro que ninguém quer ouvir?

Por isso, tomei coragem para escrever, não pensando mais em mim, mas nesses alunos, nesses seres humanos que assistirão às suas aulas. Sim, talvez sejam milhares, eu não tenho certeza. Só tenho certeza de que a sua profissão é diferente de todas as outras. Pense em quantas centenas de pessoas passam pela vida de um professor. E isso o torna diferente dos outros profissionais.

Como qualquer outro profissional, o professor pode errar. Mas o médico, por exemplo, se errar, mata o paciente. Um dentista equivocado, na pior das hipóteses, pode deixar a pessoa sem dentes.

É claro que o paciente morto não vai reclamar, mas os parentes dele não vão deixar barato, não vão mesmo!

É claro que o desdentado não vai ficar rindo, nem dar uma dentada no dentista (até porque está sem dentes), mas é capaz de dar um soco e quebrar uns dentes do dentista para ele provar o efeito do que acaba de fazer.

E se uma ponte cai por erro de cálculo do engenheiro, a comunidade cobra providências e ele vai ter de pagar pelo erro. Já quando o professor erra, quem paga é o aluno.

O médico pode até matar um paciente, mas é uma vez só. O conselho de medicina o aconselha a trocar de profissão, tira sua licença – ou então as pessoas tiram sua pele. O mesmo acontece com o dentista, o engenheiro, o enfermeiro – essas profissões todas que lidam com a vida das pessoas: os maus profissionais acabam sendo punidos. Com os professores – que também lidam com a vida das pessoas –, é diferente. E olhe que eles lidam com o que temos de mais vivo dentro de nós. E se os alunos reclamam, é porque são indisciplinados, maus alunos, burros, incompetentes e por aí afora. Quando os alunos reclamam, acabam sendo punidos. É por isso que pouca gente reclama, para não ter de "pagar o pato".

Quando um professor atua de forma prejudicial aos alunos, ele não está prejudicando um ou dois, mas milhares. Todo mundo detesta o Hitler porque ele matou os judeus (nunca entendi direito o motivo, sei que ele não gostava de judeus). Imagine que *alguns professores matam milhares de pessoas e ainda são aplaudidos! É, alguns matam mesmo, outros torturam, mostrando que somos burros porque não sabemos a fórmula de Báskhara, ou não entendemos Geografia, ou falamos e escrevemos errado. Cada um é burro por um motivo. E vão nos matando, matando nossos ideais, nossa criatividade, nossa humanidade, nossos sonhos. Matam-nos por dentro.*

Não sei por que temos a tendência de acreditar nos professores. Acho que somos muito bobos, isso sim.

Eu me lembro do dia em que o Tiago Caldas, ator da novela das oito, visitou nossa cidade. Era considerado o rapaz mais lindo da televisão. O sonho de todas as meninas que eu conhecia.

Nunca havia aparecido ninguém famoso na nossa cidade, alguém assim tão importante. Tanto que ele usou o carrão preto do prefeito, com direito a segurança e cerimônia no Clube Comercial. Ele fez discurso, elogiou a nossa cidade, falou só coisas boas. Acho que foi o dia mais feliz da minha vida. Sabe por quê?

Não que eu ache legal ficar gritando "lindo, gatão, bonitão", como as meninas todas gritavam em coro. Nem por ele ter elogiado a nossa cidade (eu sei que a maior parte do que ele falou nem era verdade). Foi o dia mais feliz da minha vida por causa das palavras da professora Carmen: como não havia mais cadeiras, eu me sentei na ponta de uma mesa. Então, ela sentou-se ao meu lado e disse, segurando meu braço com carinho: "Que bom ficar do lado da minha aluninha".

Aquela atitude foi muito mais importante do que Tiago, prefeito, carrão preto ou elogios para a nossa cidade.

– Ah, não – Carmen, a professora de Português, interrompe a leitura de Mauro –, agora não é hora de trabalhar.

– Não estava trabalhando – Mauro argumenta.

– Deixa eu ver, então – diz Carmen, sorrindo, e tenta alcançar a carta.

Mauro, constrangido, a esconde. A colega tenta, de brincadeira, pegá-la. O movimento dos dois acaba tornando-os muito próximos e atraindo a atenção de outros professores.

– Eu não disse que isso ia acabar em namoro? – fala Leda, professora de Geografia, que adorava antecipar acontecimentos e espalhar notícias.

– É um bom casamento: Matemática e Português – brinca Sônia, a supervisora da escola.

Os dois ficaram sem saber o que falar. Baixou um silêncio no refeitório.

Carmen nunca escondeu das colegas o interesse por Mauro. Era separada do marido havia cinco anos e desde então não tivera mais nenhum compromisso com ninguém. Dedicava-se à filha, Laura, e gostava de arriscar alguns poemas. Muito descontraída, brincava com todos os colegas, tinha ótimo relacionamento na escola, mas quando o assunto era namoro retraía-se. Sua atitude devia-se em parte ao insucesso do casamento e também à filha, a quem queria dedicar a maior parte do seu tempo. Trabalhava com Mauro havia três anos. Chegou mesmo a convidá-lo para irem ao cinema, duas vezes, mas ele recusou os convites, alegando ter muito trabalho. Depois disso, desistiu. Achou que, se ele estivesse mesmo interessado, faria o convite. Era uma mulher bonita, morena, de olhos verdes e longas pernas, que despontavam nas raras vezes em que usava saia curta.

Sobre Mauro, pouco se sabia. Dedicado ao trabalho, era rígido demais com os alunos, e até consigo mesmo. Concluíra a faculdade de Matemática muito jovem, cursara o mestrado e agora fazia doutorado em Matemática Pura, na Universidade Federal. Era sempre amável com os colegas, embora não participasse com freqüência das atividades sociais da escola. Sabia-se que fora casado, separara-se, e só. Ele nunca falava de si. Era como se estivesse sempre em outro lugar.

Carmen levantou-se com o seu andar ondulante e depressa arranjou um motivo para desviar de si o foco da atenção. Abraçou Silvaninha, sua amiga, professora de séries iniciais, e gritou para os colegas:

— Vamos cantar parabéns para a Silvaninha, que fez aniversário na semana passada!

Quem não repete o que o professor diz...

Mauro não teve mais oportunidade de pegar a carta durante o resto da manhã. A vontade de continuar lendo o inquietava, mas sabia que não ia conseguir. Por isso tentou relaxar e participar, à sua maneira, da confraternização.

À tarde, quando chegou em casa, Mauro entrou e foi direto ao sofá, quebrando sua rotina metódica de descalçar os sapatos, verificar os recados na secretária eletrônica (nunca havia recados), colocar a pasta na escrivaninha (e imediatamente ligar o computador), ir à cozinha botar água a esquentar para o café. Largou a pasta no chão, deitou-se, pegou a carta e reiniciou a leitura:

Você chegava na sala, fazia a chamada e enchia o quadro negro de exercícios. Voltava a sentar-se, como um rei no seu trono, enquanto nos matávamos tentando entender aqueles malditos problemas.

Depois de alguns minutos começava a chamar, pelo sobrenome, para que cada um fosse ao quadro resolver um problema.

Sempre me perguntei como um professor, mais velho, poderia chamar um adolescente pelo sobrenome. Conversando com uma amiga, ela me disse a mesma coisa:

– Eu quase morro de raiva quando o professor me chama pelo sobrenome.

– Por quê?

– Porque eu detesto o meu sobrenome: Albertina. Adoro o meu nome – Juliane –, mas de Albertina eu não gosto. E aí todos riem de mim. Parece que ele faz isso para nos ridicularizar.

E não era só pelo nome que você nos ridicularizava, mas pela maneira como mostrava, depois, nossa "burrice", por não conseguir resolver questões tão simples que em duas ou três linhas já estavam prontas, pela maneira como, nos dias de teste, você andava entre as classes e vomitava as provas sobre nossas mesas, pelas frases deixadas no quadro listrado como uma zebra. Por sua escrita violenta como um temporal, uma sucessão de relâmpagos, os números caindo como pedras sobre o quadro, ferindo nossas cabeças.

Acho que todos os alunos o detestavam, mas eu o admirava. Admirava como homem, chegava a sentir atração física. Admirava sua inteligência, sua capacidade de raciocínio, de saber aquele mundo de coisas que me era impossível entender. Assim como não entendia como você conseguia ser tão frio com todos.

Um dia, quando a Taissinara entregou a prova em branco, chorando, você não disse nada. Apenas mandou ela assinar a ata e remeteu um bilhete para a mãe dela, avisando do insucesso da filha. Assim aconteceu com tantos outros colegas e comigo mesma. Nada o comovia. Nada abalava o seu olhar de raiz quadrada, exato. Nem mesmo uma bomba.

Quem não repete o que o professor diz repete de ano, é impedido de conseguir o diploma e de, consequentemente, subir na vida; é impedido de galgar postos mais altos nesta sociedade cuja lei fundamental é obedecer a quem manda.

Eu fui reprovada naquele ano e da mesma forma no ano seguinte. Por fim, acabei desistindo de estudar. A minha mãe não queria aceitar, mas mostrei a ela que eu não tinha jeito para o estudo. Além disso, passávamos por muitas dificuldades financeiras e, com o dia inteiro livre, seria mais fácil conseguir emprego.

E eu tinha quase tudo para conseguir um bom emprego. Boa aparência, educação, vontade e assim por diante. Mas quando chegava no critério "escolaridade", perdia para outras pessoas com essas mesmas qualidades, somadas a um diploma.

Assim, passei vários meses batendo em várias portas de empresas e recebendo respostas negativas. Por fim, não havia mais dinheiro para a condução nem ânimo para caminhar. Como dizem que nenhuma desgraça vem sozinha, meu pai morreu em seguida e, com ele, o nosso sustento.

Parece aquelas novelas mexicanas que você tanto ridicularizava, não é? Eu sei que parece, só que é verdadeiramente brasileira. Tristemente brasileira. Eu não conseguia tocar a minha vida adiante porque faltava um pedaço de papel dizendo que eu sabia calcular raiz quadrada, equação de segundo grau, polinômios, números inteiros relativos e outras coisas que eu não precisava saber para trabalhar, mas precisava ter um papel dizendo que eu sabia, sei lá por quê.

Da mesma forma eu não conseguia entender também quando recebia a prova de volta, cheia de riscos vermelhos, indicando os meus erros. Eu, que havia estudado tanto. Depois pegava a prova e começava a descobrir, sozinha, o que havia errado. Tentei mostrar a você que já havia compreendido. Você olhava, sem dizer nada. A nota não mudava. E isso eu também não entendia: estava mostrando que sabia! Não era isso o importante? Não era. Fui reprovada outra vez.

Assim, fui desistindo de procurar emprego, desistindo de estudar, desistindo de viver. Talvez quando você leia esta carta eu não esteja mais aqui. Talvez isso não tenha importância para você, mas eu não podia deixar de tentar ajudar os muitos alunos que ainda irão passar por você. Para que eles não precisem passar pelo que eu passei e não consegui superar. A minha última reprovação,

Sua aluna "nota zero" que, de certa forma, o admirava.

Mauro sentiu-se muito deprimido depois de ler a carta. Não conseguia entender seu significado. Havia mexido, e muito, com ele, sem dúvida. Já recebera bilhetes desaforados de alunos, provocações, telefonemas, xingamentos na rua, mas sempre interpretara como algo normal, coisa de alunos que tentavam justificar a sua falta de esforço atribuindo a culpa ao professor.

Releu toda a carta antes de deitar. Demorou muito a dormir.

Uma bomba

No segundo dia de aula, um boato inquietante quebrou a rotina escolar e provocou medo e dispersão. Telefonaram avisando que havia sido colocada uma bomba nas dependências da escola.

Muitos se lembravam ainda das notícias veiculadas uma semana antes, sobre fato semelhante que ocorrera nos Estados Unidos, provocando duas mortes e ferindo várias pessoas.

Após o intervalo, a pedido da direção, os professores comunicaram aos alunos o ocorrido. O professor Mauro agiu da mesma forma, mas, em vez de discutir com a turma o que iriam fazer, propôs a aula preparada. Obviamente a situação de intranquilidade impossibilitou qualquer tentativa de aula. Alguns se retiraram da sala e os restantes estavam inquietos.

Não conseguindo prosseguir, brigou com os poucos que ainda estavam presentes.

– Diante da ameaça de uma bomba que pode explodir a qualquer momento, é impossível se interessar ou prestar atenção no que você está dizendo – disse uma moça, quase chorando.

Aquilo fez com que ele lembrasse novamente da carta. Sentiu, súbito, um arrepio. Tentou continuar a aula, mas resolveu escutar o que os outros estavam pensando.

Todos achavam que o melhor era saírem da escola: mesmo que a ameaça fosse apenas um trote, não teriam condições de prestar atenção. Além disso, os alunos que haviam saído seriam prejudicados.

Para Mauro era estranho aquilo, ouvir a opinião dos alunos sobre o que deveria fazer. Concordou com eles e desceram as escadas.

Os outros colegas já estavam na sala dos professores.

Carmen veio falar com ele:

– Puxa, nem uma bomba o arranca da sala de aula?

– Eu não acredito nessas histórias de bombas – disse Mauro. – Para mim, isso é coisa de alunos que querem matar aula.

– Mas também não dá para arriscar, não acha?

– É. Melhor não arriscar – concordou por concordar.

A diretora entrou na sala e informou que toda a escola estava sendo evacuada a pedido da polícia. Estavam dispensados. Mesmo não havendo bomba, não teriam como reiniciar as aulas, pois a maior parte dos alunos tinha ido embora e os que ficaram estariam muito ansiosos.

– Vai para casa? – Carmen perguntou.

– É o jeito – Mauro respondeu.

– Quer uma carona?

Mauro sacudiu a cabeça, concordando.

Apesar do salário baixo, Carmen não passava dificuldades. Tinha muitos gastos com a menina, o apartamento, a prestação do carro, mas conseguia se arranjar sozinha. Dava aulas particulares de preparação para concursos públicos (tinha sempre muitos alunos), o livro de redação que publicara vendia mais a cada ano, corrigia provas de vestibular e supletivo, além de revisar textos para uma editora. Enfim, o que menos contava era o salário de professora, embora fosse o mais garantido.

Carmen entrou no carro, recolheu a pilha de livros e papéis que estavam no banco do passageiro e jogou para o banco de trás. Abriu a porta e o colega entrou.

Moravam no mesmo bairro, em ruas um pouco distantes. A casa de Carmen era a primeira, a de Mauro, uns dez quilômetros adiante.

– Você pode me deixar aqui mesmo – disse Mauro, quando estavam próximos da casa de Carmen. – Daqui eu pego o ônibus.

– Não, senhor, eu vou levá-lo em casa – disse e passou reto, aproveitando o sinal aberto. – Então você acha que a bomba é invenção dos alunos? – perguntou Carmen.

– Claro, influenciados pelo que aconteceu nos Estados Unidos.

– O problema é que nem todos pensam como você. Eu estava morrendo de medo. Não se pode duvidar de nada neste mundo.

Mauro concordou e ficou quieto.

O carro deslizava macio pelo asfalto. Continuaram em silêncio. Um silêncio carregado de coisas para falar.

Apesar do silêncio, ela gostava da companhia. Guiou o carro, sem vontade de chegar na rua onde o amigo morava. Estacionou em frente a um prédio amarelo, antigo, de quatro andares, número 810, edifício Márcia, leu na placa junto à grade cinza. E surpresa, em vez de tchau, escutou:

– Vamos descer?

Não era a primeira vez que trazia ele em casa. Estava acostumada a esperar um convite como este, que nunca viera; por isso agora ficava sem saber como reagir. Silvaninha e Sônia, que eram amigas mais íntimas, brincavam com Carmen, dizendo que se ele não a convidava para descer era porque havia algo que ninguém podia descobrir. "Já pensou se você entra lá e descobre uma mulher empalhada na cozinha, como no filme *Psicose*?", brincavam as amigas.

Desceu do carro. Alta, insegura, o passo vacilante, após alguns segundos de hesitação. Caminharam juntos e em silêncio, a chave no portão, na porta do prédio, o apartamento 204.

Era um apartamento pequeno, porém muito mais ajeitado do que o dela. Os móveis todos limpos, cortinas verdes de voal indiano, combinando com as luminárias.

– Pode sentar ali –disse Mauro, apontando um sofá de couro com dois lugares. – Você toma um café?

– Sim – respondeu Carmen –, mas não precisa se preocupar.

– Vou preparar, então.

– Posso ir com você?

– Claro.

Não havia nenhuma mulher morta na cozinha. Não que Carmen esperasse encontrar algo semelhante. Mas entrar em cada espaço daquele apartamento era também entrar um pouco na vida daquele homem tão discreto, que se tornava quase misterioso. Quase inacessível. Era o que Carmen pensava, observando os mínimos gestos de

Mauro, gestos vacilantes, modestos, tímidos, a preparar o café, cujo aroma inundava a cozinha.

Serviu uma xícara para cada um, colocou-as numa bandeja, junto com o açucareiro, e voltaram para a sala.

"Aqui estou no apartamento deste homem, tomando café, olhando o relógio de minuto em minuto, preocupada com Laura, sem entender o que está acontecendo, espiando um canto e outro, tentando descobrir algo sobre ele, tentando compor algumas frases na brancura do meu cérebro para quebrar este silêncio, para formar um novo vínculo, mais forte, menos resistente. Acho mesmo que me excedi, que fui de certa forma atrevida, convidando-o para sair. Mas desta vez a iniciativa foi dele. Apenas por educação?"

Terminaram o café, Mauro recolheu as xícaras e Carmen percebeu o tremor nas mãos dele.

Olharam-se por um instante e sorriram sem palavra nenhuma.

Quando voltou da cozinha, Mauro falou:

– Aconteceu uma coisa muito estranha comigo esta semana.

– Na escola?

– Sim – disse ele. – Lembra o que eu estava lendo no refeitório?

– Não li, mas pareceu uma carta.

– Era uma carta – disse e levantou-se, pegando o envelope na pasta e entregando-o à Carmen.

– Que estranho! Você quer que eu leia?

Mauro assentiu com a cabeça e Carmen começou a ler.

Quando terminou, perguntou:

– Você não conseguiu descobrir quem é a remetente?

– Ainda não.

– Mas você deve descobrir com urgência. Essa menina está muito deprimida. É capaz de fazer alguma loucura.

– Não é tão fácil descobrir.

– Nem tão difícil. É só ver quais as meninas que foram reprovadas por você no ano passado e dar uma olhada na pasta delas, na secretaria, tentar identificar a letra. Caso não consiga pela letra, pegue o endereço e vá atrás.

– E se estiverem me fazendo de bobo?

– Bom, colega, se você tem a consciência tranqui-la, não precisa se preocupar. Mas se quiser, pode contar comigo. e fazer.

– Obrigado. Ainda vou pens-

29

– Agora tenho de ir: a babá fica até às onze horas e já são dez. Muito obrigada pelo café. Quando quiser visitar-me, é só avisar.

Ele sorri, retira os óculos de grossas lentes e diz:

– Vou esperar um convite.

Dois sorrisos nervosos, dois beijos sumários, e Carmen vai para a sua casa.

A lista das meninas

Abomba não existia, nem havia explodido em nenhuma sala de aula. Mas aquele dia estremeceu a rotina de Mauro, abrindo brechas que ele jamais imaginara possíveis.

Ele também passou a dar-se conta de que o interesse dos alunos é condicionado pela imposição social do "passar de ano" para obter um diploma, ao passo que a situação profissional e econômica dos professores, de modo geral, não oferece condições para exercerem adequadamente sua tarefa educativa, obrigando-os a desempenhar o trabalho como rotina, em troca de um salário, sem se preocupar com os seres humanos que são os alunos.

Logo nas primeiras aulas, Mauro propôs que os alunos fizessem uma avaliação sobre o interesse em estudar e o que esperavam aprender na disciplina de Matemática.

Os que já tinham sido alunos estranharam muito aquela atitude; os outros, que só tinham ouvido falar no terrível professor, pensaram que ele não era tão terrível assim.

Na hora do recreio, Carmen perguntou a Mauro, quando serviam café:

– E aí? Vai ignorar a carta ou não?

– Não – respondeu Mauro.

– Legal – a colega disse, num tom de voz um pouco alto, que chamou a atenção de outros professores.

Puxou Mauro para um canto mais afastado do cafezinho.

– Então faça uma lista das meninas reprovadas na oitava série do ano passado que eu procuro as pastas na secretaria, tá legal?

– Eu já fiz – Mauro disse e puxou uma folha de caderno onde constavam os nomes de oito meninas.

– Meu Deus! – Carmen exclamou. – Você reprovou oito meninas em uma só turma?

Mauro baixou os olhos e não disse nada. Pela primeira vez sentia-se mal por reprovar tantos alunos.

Carmen conferiu os nomes:

Adrielen Lopes Barrufi
Aline Santos de Oliveira
Bruna Raquel da Rosa
Deise Suelen Silva dos Santos
Fernanda Becker dos Santos
Ketlyn de Fraga Pazzin
Natalia da Rocha
Tamires Kudla Nogueira

– Bom, eu não tenho aulas nos dois últimos períodos – disse Carmen. – Vou até a secretaria, pego as fichas dessas alunas, tiro cópia e depois trabalhamos juntos, certo?

– Você é quem manda – retrucou, timidamente, o professor de Matemática.

– Você tem alguma outra idea? – perguntou Carmen.

– Não. Está bem assim – Mauro falou e foi para a sala de aula.

Repetiu com a turma de sétima série a mesma atividade que fizera com a oitava. Um número significativo dos alunos manifestou o seu descontentamento e reivindicou maiores explicações sobre a matéria. Demonstraram igualmente que o interesse era apenas obter o diploma; os conteúdos, na verdade, não interessavam. Alguns reivindicaram ainda que fossem dados menos conteúdos.

Apesar de sentir-se um pouco perdido – nunca tinha escutado os alunos para saber o que achavam de suas aulas –, Mauro tentava visualizar uma nova forma de agir.

Terminou aqueles dois períodos sem dar nenhum conteúdo, como nunca fizera em toda a sua vida de professor. Apesar disso, entendia que a aula fora produtiva.

Carmen estava esperando-o próximo à saída.

– Quer carona?

– Não quero incomodá-la – respondeu.

– Vamos conversando. Quero lhe contar o que descobri sobre aquelas alunas.

– Mas não precisa me levar até em casa. Da sua eu pego um ônibus.

Durante o trajeto, Carmen é a primeira a falar:

– Aquela ideia de tentar reconhecer a aluna pela letra não vai dar certo.

– Por quê?

– A secretária me informou que as fichas foram preenchidas pelos pais ou por professores.

– Então não tem jeito. Só indo de casa em casa – falou Mauro, desanimado.

– Sim, e é meio esquisito ir na casa e perguntar: moça, foi você quem escreveu a carta?

– Mas há uma outra saída – disse Mauro.

– Qual?

– Ver quais dessas moças se rematricularam. As restantes é que devem ser procuradas.

– E se eu lhe disser que, das oito, apenas quatro fizeram a rematrícula?

– Puxa, você teve essa ideia primeiro do que eu?

– Surpreso? Acha que só os professores de Matemática raciocinam?

– Não, não é isso – disse, sem jeito. – E quais as que não se rematricularam?

Carmen passou uma folha com nomes:

Adrielen Lopes Barrufi
Bruna Raquel da Rosa
Fernanda Becker dos Santos
Tamires Kudla Nogueira

– Isso não significa que todas tenham parado de estudar. Podem ter trocado de escola – falou Carmen.

– É verdade – concordou Mauro. – Mas, de qualquer forma, é mais fácil procurar quatro do que oito. Além disso, a probabilidade...

– Agora é sem números, Mauro. São seres humanos, não dados estatísticos.

Mauro ressentiu-se da observação da colega e ficou quieto. Estavam chegando em frente à casa de Carmen.

– Não quer mesmo que o leve até seu apartamento? – perguntou Carmen, parando o carro em frente ao portão do seu prédio.

– Imagine. Já é muito vir até aqui. Obrigado pela carona e pela força.

– Olha, vamos combinar direitinho que eu vou com você até a casa dessas moças. Quando é a sua folga?

– Quinta à tarde.

– Legal, é minha também. Quer deixar marcado? Nos encontramos às duas horas, em frente à escola.

– Está marcado – disse Mauro, abrindo a porta do carro.

– Carmen puxou-o pelo braço, ele se reaproximou e ela beijou-o na face, com delicadeza.

Mauro entrou em casa e, novamente, quebrou a sua rotina. Deitou-se no sofá e releu a carta.

Quem não repete o que o professor diz repete de ano.

Eu fui reprovada naquele ano e da mesma forma no ano seguinte. Por fim, acabei desistindo de estudar. Eu tinha quase tudo para conseguir um bom emprego.

Boa aparência, educação, vontade e assim por diante. Mas quando chegava no critério "escolaridade" perdia para outras pessoas com essas mesmas qualidades, somadas a um diploma.

Assim, passei vários meses batendo em várias portas de empresas e recebendo respostas negativas. Por fim, não havia mais dinheiro para a condução nem ânimo para caminhar. Como dizem que nenhuma desgraça vem sozinha, meu pai morreu em seguida e, com ele, o nosso sustento.

Depois eu pegava a prova e começava a descobrir, sozinha, o que havia errado. Tentei mostrar a você que já havia compreendido. Você olhava, sem dizer nada. A nota não mudava. E isso eu também não entendia: estava mostrando que sabia! Não era isso o importante? Não era. Fui reprovada outra vez.

Assim, fui desistindo de procurar emprego, desistindo de estudar, desistindo de viver. Talvez quando você leia esta carta eu não esteja mais aqui. Talvez isso não tenha importância para você, mas eu não podia deixar de tentar ajudar os muitos alunos que ainda irão passar por você. Para que eles não precisem passar o que eu passei e não consegui superar. A minha última reprovação.

Sua aluna "nota zero" que, de certa forma, o admirava.

Mauro permaneceu muito tempo com a carta na mão. Tentava lembrar os rostos, as vozes daquelas meninas, mas se confundiam com centenas de outros rostos, de outras vozes.

Levantou-se do sofá e foi à janela do apartamento. Escancarou-a. Vinha um ar abafado da rua, talvez chovesse. Demorou a dormir.

Iniciando a procura

Na quinta-feira combinada, quando Carmen chegou em frente à escola, logo avistou Mauro escorado no muro: calça jeans, camiseta branca e tênis. Fez sinal para que ele entrasse no carro.

– Pontualíssimo, hein? – disse Carmen.

– Você também – falou Mauro.

– Qual a primeira que visitaremos? – perguntou Carmen.

– Você é minha guia – respondeu Mauro.

– Podemos optar pela ordem alfabética ou pela geográfica. Pela alfabética teria que ser a Adrielen, pela geográfica, a Fernanda.

– Vamos na Fernanda, então.

– Tudo bem – Carmen falou, pondo o carro em movimento –, fica a poucas quadras daqui.

Andaram cerca de dez minutos e chegaram a um loteamento simples, chamado Arvoredo.

– O bairro é este, só falta localizar a casa – disse Carmen. – Verifique aí o nome da rua, Mauro.

– Rua D, casa 22.

Pararam em um armazém e Carmen desceu para perguntar. O homem explicou que teriam de seguir por aquela avenida, entrar na terceira rua à esquerda e depois na segunda à direita.

Mauro tentava disfarçar o nervosismo, mas Carmen percebeu como o papel tremia na mão dele.

Não foi difícil achar a casa. Uma moradia bastante simples, de tijolos sem reboco, um muro quebrado e a entrada sem portão.

– Deve ser aqui – disse Carmen. – Vamos descer?

Mauro estava visivelmente nervoso. Na certa, arrependido.

Desceram do carro e bateram palmas. Alguns cachorros latiram nos pátios vizinhos. Ninguém veio atender.

– Não tem ninguém – disse Mauro –, vamos embora.

– Vamos tentar mais uma vez – Carmen falou e bateu palmas mais forte. Gritou pelo nome de Fernanda.

Os cachorros, que haviam se aquietado, desandaram a latir de novo.

Já estavam desistindo quando apareceu uma mulher. Tinha os cabelos despenteados e uma criança no colo.

– É aqui que mora a Fernanda? – perguntou Carmen.

– É – respondeu a mulher. – Quem são vocês?

– Fomos professores dela no ano passado. Estamos visitando os alunos que não se rematricularam, para saber o motivo – disse Carmen.

– Ela queria desistir – a mulher falou –, mas agora o padrasto dela convenceu e ela está procurando vaga nos colégios. É difícil de conseguir!

– Mas a vaga dela está garantida lá na escola.

– Ah, mas para aquele colégio ela não volta nem amarrada.

– Ela não gostou da escola?

– Da escola ela gostou, mas tem um professor de Matemática lá que é um diabo de ruim. Ela repetiu dois anos com ele. Não sei como uma criatura pode ser má daquele jeito.

– A senhora faz um favor para mim? – perguntou Carmen.

– Se estiver ao meu alcance.

– Peça a ela para ir até a escola falar comigo – disse Carmen. – Eu vou ajudá-la.

A mulher pareceu contente e perguntou:

– Qualquer dia?

– Todas as tardes, menos quinta-feira – respondeu Carmen.

– Pode deixar que vou avisá-la.

Despediram-se. Mauro que esteve calado o tempo inteiro, mal teve forças de se despedir.

Entrou calado no carro e assim permaneceu.

– Você está bem? – perguntou Carmen.

– Sim.

Carmen andou mais um pouco e, antes de entrar na avenida mais movimentada, parou o carro. Ainda não haviam saído do bairro. Olhou bem para ele:

– Não. Você não está bem.

– Eu não pensei... – Mauro começou a falar, mas seus olhos encheram-se de água e a voz embargou.

Carmen, com um jeito maternal, segurou o rosto do colega entre as mãos.

– Você acha que sou tão mau assim? – perguntou ele, entre lágrimas.

Carmen conteve a vontade de beijá-lo (que já não era maternal). Ficou sem saber o que falar, mas sabia que o silêncio, naquele momento, poderia ser pior.

– Você é uma pessoa boa, do contrário não estaria aqui, não estaria comovido como está. O que você precisa é rever o seu método de ensinar. Botar em prática aquelas teorias todas que aprendemos na faculdade e depois deixamos de lado, esquecemos.

– Você acha que alguém pode se matar por ter sido reprovado?

Outra pergunta muito difícil de responder. Carmen pensou um pouco e disse:

– Não se pode duvidar.

Passou a mão pelo rosto molhado de Mauro, secando-o.

Partiu com o carro e perguntou:

– Você quer procurar outra aluna? São três e quinze, acho que dá tempo.

Sim, dava tempo, concluíram.

– Eu não quero atrapalhá-la.

– Não está atrapalhando. Estou adorando o passeio, só que você vai me pagar a gasolina depois – disse, rindo.

– Claro – falou Mauro –, é o mínimo que eu posso fazer. Afinal, o que você está fazendo por mim é impagável.

– Deixa de ser bobo. Vamos, então, que às cinco tenho que pegar a Laura na creche.

– E à noite, onde ela fica? – perguntou Mauro.

– Uma moça do edifício cuida dela. Elas se dão superbem.

– Tenho vontade de conhecê-la.

– A moça ou Laura? – Carmen perguntou, feliz com o interesse de Mauro.

– Laura, é óbvio – respondeu Mauro. – Só mesmo uma professora de Língua Portuguesa faria uma pergunta destas.

Conversaram um pouco sobre Laura, sobre ensino, e fizeram o resto do trajeto em silêncio. Mauro com seu desânimo visível; Carmen, indecisa entre aproveitar a situação e reforçar suas ideias sobre educação libertadora ou deixar aquele silêncio que se estabelecera. Um silêncio carregado de indecisão.

Acharam logo a casa, mas Bruna também não estava. A mãe explicou que a menina estava em Santa Catarina. Tinha ido por uns dias ajudar a irmã que ganhara neném. Já havia conseguido vaga em uma escola, providenciava a transferência.

Foi uma visita bem mais tranquila. Na volta, Mauro solicitou que Carmen o deixasse na escola. Queria revisar a aula que preparara para a noite.

– Não quer passar na minha casa e tomar um café?

– Não. Agradeço muito, mas preciso me organizar melhor.

Carmen achou melhor não insistir. Sabia que o colega não estava bem. Pediu que ligasse no final de semana.

Mauro agradeceu muito e despediram-se com três beijos no rosto.

Uma pétala de flor

Mauro sentia que estava mudando. As suas aulas também estavam diferentes: menos conteúdos, mais discussões com os alunos sobre a matéria e até sobre a de outros professores. A sua relação com os alunos também se modificava: mais aberta, sincera, mais diálogo. Para resumir: mais humana.

Passou o fim de semana refletindo sobre a sua prática, sobre a maneira como vinha preparando e dando aulas durante esses anos todos. Por vezes, pegava a carta da aluna e relia. Agora só havia duas possibilidades: Adrielen e Tamires. Qual das duas teria escrito aquela carta que transformava a sua vida, e quem sabe a de centenas de alunos? Mas, embora a curiosidade em saber a autora fosse muito grande, o que mais o intrigava era o fato de alguém considerar-se "zero", assumir uma nota de prova como identidade. Era horrível. E o pior: ele mesmo havia tachado assim tantos alunos.

Caminhava indeciso pelo apartamento, entrava no quarto, voltava para a sala, andava até a cozinha, sem encontrar conforto ou acomodação em nenhum lugar. Diversas vezes sentiu vontade de ligar para Carmen, mas não ligou. Escancarou a janela para a paisagem de concreto. Releu a carta mais uma vez. Teria causado tanto mal assim? De que adiantava o seu conhecimento se causava tanto sofrimento nas pessoas?

Carmen passou o fim de semana esperando, inutilmente. Deixou de lado até mesmo o passeio à pracinha do condomínio, que sempre fazia com a filha, com medo de que ele ligasse e ela não estivesse.

Durante a semana, enquanto aconteciam várias coisas na vida de Mauro, outras tantas mudavam à sua volta. Seus alunos sentiam isso, Carmen sentia, ele mesmo sentia. Aos poucos conseguia desfazer a carapaça do poder que vestira durante muitos anos. Aos poucos aproximava-se de uma visão crítica de sua maneira de agir como professor, aproximava-se do diálogo.

Surpreso e receoso – a liberdade provoca medo para quem não está acostumado com ela –, Mauro sentia a sua relação com os alunos mudar.

Vamos sonhar e realizar os sonhos, sonhar ou morrer como uma pedra.

Por fora era uma pedra, mas, com o correr do tempo, algo elementar se quebrava, abrandava essa dureza, estilhaçava-se e deixava brotar o novo. Como uma pedra de gelo derretendo-se e restituindo ao estado líquido aquilo que se solidificara.

A primeira evidência disso foi passar a semana sem pensar em provas, apenas interessado em discutir os interesses dos alunos e a melhor forma de trabalhá-los. A segunda, e igualmente marcante, foi quando iniciou a semana seguinte, e mais uma surpresa abalou-o. Dessa vez, foi a aluna nova: Fernanda Becker dos Santos (aquela cuja mãe dissera que ele era um diabo). Só podia ser coisa de Carmen, convencer a menina a voltar. A sua alegria foi tanta ao vê-la em meio à turma que caminhou até ela e abraçou-a – o que jamais fizera em tantos anos de magistério.

A turma assistiu estarrecida à cena de afeto do professor que sempre fora considerado de pedra. Fernanda emocionou-se com a recepção. Uma delicada tintura cor-de-rosa surgiu no rosto da menina, como uma pétala de flor.

A aula terminou antes que percebessem.

Fernanda desceu as escadas junto com Mauro. Ele sentia vontade de pedir desculpas à menina, mas separaram-se no corredor. Ele entrou na sala dos professores.

– Gostou da surpresa? – perguntou-lhe Carmen, que já estava lá dentro.

– Só poderia ter sido você – disse contente Mauro, refreando o impulso de abraçá-la, ao ver que os colegas observavam.

– Vamos até a biblioteca? – cochichou Carmen.

– Fica fechada na hora do recreio.

Carmen sorriu e mostrou a chave na palma da mão. Atravessaram os corredores repletos de alunos e subiram, em meio ao burburinho, até o segundo andar, onde ficava a biblioteca.

Entraram e fecharam a porta.

– Aqui ficamos mais sossegados – disse Carmen.

O barulho dos alunos chegava abafado. O cheiro dos livros era convidativo. Carmen perguntou:

– Amanhã, no mesmo horário?

– Sim. Faltam duas, não é?

– Não, apenas uma.

– E a outra?

– A Adrielen já está matriculada. Vai ser novamente aluna do professor Mauro. Falta a Tamires. Eu me lembro dessa menina. Não sei como foi reprovada, era ótima aluna em Português – disse e se arrependeu.

Mauro disfarçou a emoção:

– Como aumentou essa biblioteca, não é?

Carmen, que pouco a pouco conhecia melhor o colega, sorriu.

Logo deu o sinal para reiniciar a aula e os dois saíram.

– Era tão jovem...

Aparentemente um bairro mais pobre do que os outros dois: casas descuidadas, sem pintura, alguns barracos e esgotos a céu aberto.

Conferiram o nome da rua: era ali mesmo.

No final, um amontoado de pessoas chamava a atenção. Como a rua se estreitava, transformando-se em beco, Carmen estacionou bem antes e seguiram a pé.

A numeração das casas era confusa: pares e ímpares se misturavam do mesmo lado. De qualquer forma, era crescente, e isso indicava que teriam de caminhar mais.

Carmen pressentiu algo ruim; Mauro, sem dizer nada, sentia a boca colar-se e um suor nervoso escorrer pelo rosto.

Ao se aproximarem do tumulto, Carmen perguntou a um rapaz o que estava acontecendo.

– Morte, dona – o rapaz disse, sem interromper o seu passo rápido.

Os dois pararam. Carmen viu em Mauro aquela palidez que precede os desmaios.

– Precisamos ir até o fim – disse ela, sem convicção, o corpo trêmulo.

Caminharam mais um pouco e pararam.

Duas mulheres, os olhos inchados, comentaram:

– Era tão jovem...

Mauro imediatamente voltou em direção ao carro, o passo trôpego.

Carmen caminhou um pouco mais para ter a certeza que não queria: o número da casa era mesmo o de Tamires.

Voltou correndo para junto de Mauro e caminharam assim, amparando-se um no outro até o carro.

O céu nublado, parecia mais baixo. Nuvens escuras rolavam e um vento norte arrepiava qualquer ser vivo.

Voltaram em silêncio. Um silêncio carregado, pesado como o coração deles.

A vida bate à porta

Durante muitos anos de magistério, Mauro nunca faltara ao trabalho. Mas hoje era o terceiro dia em que ficava em casa, caminhando de um lado para outro, buscando um sentido para as coisas.

Não conseguia dormir, apesar do sono, do peso nos olhos e no corpo todo.

Carmen, apesar de também sentir-se mal, continuou indo à escola, encarregou-se de avisar que durante aquela semana Mauro não trabalharia. Todos os dias ligava para o colega, ligações rápidas, pela falta de saber qual seria a melhor coisa a falar. Palavras de consolo, muitas vezes, têm efeito contrário. Ainda mais por telefone, já que Mauro recusou todas as visitas que ela tentou combinar.

Mauro decidira ficar só, durante algum tempo. Por isso estranhou quando ouviu o interfone. Era o quarto dia que ficava em casa e não entendeu quando uma voz estridente berrou lá de baixo:

– Abre logo, meu amor!

– Quem está falando? – perguntou Mauro, entre tímido e indignado.

– A vida! A vida, meu amor.

Mais indignado ainda, Mauro tornou a perguntar quem estava falando.

– A Carmen, Mauro, puxa, como um grande matemático não deduz que é a voz da sua colega preferida?

Apesar de reconhecer o quanto Carmen fizera por ele, Mauro não sentia vontade de abrir a porta. Queria estar só. Mas não podia deixar de receber a colega, depois de tudo.

– Entre – disse, apertando o controle eletrônico da porta.

Instantes depois ouviu a campainha.

Abriu e encontrou uma Carmen sorridente, fulgurante, alegre demais, o que, de certa forma, o chocou. Só quando ela entrou se deu conta de que havia uma moça com ela. Fixou o olhar na menina, morena, olhos castanhos muito vivos, um pouco mais baixa do que Carmen, um jeito tímido. Lembrava-se dela, não tinha dúvida de que fora sua aluna. O nome não guardara.

– Sabe quem é? – perguntou Carmen.

– Foi minha aluna, o nome não lembro.

– Fomos à casa dela, mas não entramos.

– Ah, é a Bruna – disse Mauro.

– Não – falou Carmen –, é a Tamires.

Mauro estremeceu.

Quando Carmen terminou de explicar que a avó de Tamires tinha morrido naquele dia, as lágrimas começaram a pular dos olhos de Mauro, que se abraçou à menina. Só bem depois, Tamires entendeu tudo o que acontecera.

– A Tamires vai voltar para a escola, Mauro – Carmen disse.

– Você aceita que eu seja seu professor? – Mauro perguntou, sinceramente comovido.

– E você aceita que eu seja sua aluna?

– Ah, não, vamos parar com isso, parece casamento: "você aceita", "você aceita". Estou ficando com ciúme – Carmen falou para desfazer um pouco aquele clima de comoção (e bem no fundo sentiu um pouco de ciúme mesmo).

O conselheiro

Na escola foi uma surpresa enorme quando Mauro foi escolhido conselheiro pela turma de oitava série. Leda, para variar, foi quem trouxe a notícia, interrompendo uma reunião administrativa:

– Uma bomba, pessoal, uma bomba.

Todos se assustaram, mas ela esclareceu:

– Calma, pessoal, quero dizer que é uma notícia bombástica – e explicou, diante dos olhares atentos dos professores, que todas as turmas tinham escolhido Mauro como conselheiro.

A conversa foi interrompida quando Mauro entrou na sala, atrasado – ele que nunca se atrasava.

Mauro desculpou-se pelo atraso. Disse que estava conversando com alguns alunos no corredor. Foi sentar-se num lugar vago ao lado de Carmen, na mesa grande do refeitório, o local da reunião.

Enquanto a diretora falava, dando início aos trabalhos, Carmen escreveu num papelzinho e passou para Mauro:

"Imagina se Leda descobre!"

Mauro pegou o papel e escreveu abaixo:

"Aí, sim, seria uma bomba."

Os dois sorriram e as suas mãos se encontraram por baixo da mesa.

Considerações para o professor

Refletindo sobre o texto

Uma carta, salvo exceções, quase sempre é dirigida a um interlocutor específico; no entanto, quando se fala da relação professor-aluno, a única especificidade é o amor. A construção do conhecimento não se consolida apenas com a razão, com o conhecimento técnico, mas ainda com um sem-número de variáveis que atuam nessa relação – que é também de construção da realidade. Somente o amor pode solidificar esse difícil, porém imprescindível, encontro de diferentes – é o grande aprendizado que a educação oferece.

Infelizmente, existe uma tendência mundial, fruto do neoliberalismo, em querer desprezar toda a grandiosidade do ser humano e restringi-la apenas à parte correspondente da razão – o paradigma das "habilidades e competências"–, como se fosse possível separar estudantes de seus sentimentos, crenças, emoções, vontades, e, essencialmente, da sua cultura, que se constrói e reconstrói de forma diferente em cada ponto deste nosso imenso país.

Toda proposta que represente avaliação em larga escala (ENEM, ENCCEJA etc.) já nasce fadada ao insucesso: primeiro, porque é apenas um exame (muito diferente de avaliação, que implica processo contínuo), e segundo, porque não compreende a incompletude do ser humano, o "estar sempre a caminho". Educar é fazer "este caminho", que é único para cada pessoa, junto com o educando, caminhar com ele – muito diferente de simplesmente dizer: "este desistiu, aquele se perdeu, aquele outro chegou". Quem verdadeiramente avalia acompanha cada passo e, portanto, sabe por que chegou e por que não chegou. E sabe mais ainda: aquele que não chegou "está a caminho". Não está "atrasado" e muito menos perdido; o ritmo dele é diferente do outro, apenas isso. Mas para compreender esse "apenas" é preciso muitas coisas, e, em especial, amor e solidariedade para não abandonar ninguém pelo caminho, como quem se livra de algo que atrapalha a cadência, a velocidade, como quem se desfaz de um fardo.

Os exames nacionais, que estão em moda, destroçam todos esses princípios básicos de educação porque linearizam as múltiplas e infinitas experiências que decorrem das relações, tornando os educandos e o processo educativo uma coisa só, homogênea, sem diferenças. Muitos professores, por todo o país, acabam seguindo essa tendência de ver só a ponta, o final – a imposição light que o modelo neoliberal acena. Medo, ansiedade, fome, tristeza, pressão de pais, professores, familiares são alguns entre tantos outros sentimentos que percorrem cada educando, em cada momento, em cada sala de aula, em cada canto do nosso país, e que influenciam decisivamente na aprendizagem. Sentimentos que nenhum "provão" consegue (nem pretende) constatar. Somente o professor e a professora que realmente têm amor aos educandos e educandas, à educação, conseguem sentir a realidade, entender as necessidades cognitivas, tomar as decisões que são melhores.

Trabalhando o texto

Costuma-se tratar teoricamente a educação, quase sempre sem levar em consideração a outra parte fundamental: o professor, a professora. Afinal, além das suas histórias de vida, das marcas que cada um traz em seu coração, há ainda o ambiente de trabalho, o salário (será que é suficiente?), a formação (não estarão sentindo a necessidade de se aperfeiçoar?). Será que não trabalham demais? Será que são bem acolhidos na escola? Quais são os seus problemas fora da escola? Quais os problemas na escola? Sofrem muita pressão da equipe diretiva? São bem instrumentalizados? Existe um bom nível de relação entre todos os professores? E assim por diante.

Dessa forma, pode-se trabalhar o texto de diversas maneiras, mas seria importante que fosse levada em conta, principalmente, a forma como os alunos veem a sua relação com os professores e professoras, a relação com o conhecimento e essas interações com a realidade. O que há de bom ou de ruim, o que pode ou deve ser mudado e de que maneiras isso pode ocorrer. Hoje, mais do que nunca, sabe-se que a educação é um ato político – no sentido mais amplo e verdadeiro dessa palavra. Para realmente discutir e transformar a educação – discussão praticamente recente e exclusiva de professores –, é imprescindível que todos os envolvidos tomem parte: estudantes, professores, funcionários, comunidade. O livro aponta alguns elementos desta discussão que somente um processo tão vivo e amoroso – como deve ser a educação – consegue proporcionar.

Pode-se também solicitar que os estudantes escolham um ou mais professores e professoras para mandar uma carta (discute-se com o grupo se as cartas devem ser realmente enviadas ou não, assinadas ou não, depois de escritas).

Para que seja realmente sentida a importância da "relação", ou ainda que os educandos reflitam sobre o fato de que não se pode pensar somente em si, nos desejos e necessidades individuais (se eu tenho problemas o outro também pode ter), é importante que troquem as cartas entre eles e posicionem-se como professores, respondendo à carta recebida, para vivenciarem a situação do outro.

É interessante que seja percebido pelo grupo que tudo o que for discutido na relação professor-aluno serve também para as demais relações na sociedade: família, comunidade, escola, colegas, amigos, e assim por diante.

Observação: o professor ou a professora deve sentir se é oportuno trabalhar questões técnicas de redação: dissertação, carta-argumentativa, entre outras. Além disso, por mais itens para discussão que um texto apresente, deve partir dos estudantes levar adiante a reflexão: um trabalho exaustivo contra a vontade da turma não contribui em nada e pode acarretar uma forte rejeição ao texto e a futuras leituras.

Escola, adolescência e trabalho

A adolescência é o período em que o ser humano se vê despertado para o mundo. Volta a sua visão para fora da família, buscando, curiosa e avidamente, a ampliação de seus horizontes.

Em meio a este turbilhão confuso de fatos ao seu redor, vai aos poucos reconhecendo-se. Esse reconhecimento o leva a poder escolher a sua vocação, a realizar-se, integrar-se consigo próprio e integrar-se socialmente, pelo trabalho.[1]

Entretanto, esse caminho, por si só já bastante difícil, para jovens de uma comunidade carente pode ser muito mais tortuoso. Por vezes acontecem fatos que os fazem titubear, que massacram o seu idealismo, que os tornam amargos.

Numa população carente, é muito comum o idealismo juvenil dar lugar à sobrevivência, à luta mesquinha e violenta de conseguir a comida diária.

Esta realidade pode fazer este período da vida, em que a pessoa se vê despertada para o mundo, tornar-se desesperançoso e até mesmo violento. "Do rio que tudo arrasta se diz que é violento. Ninguém diz violentas as margens que o cerceiam" (Bertold Brecht).

Oriundo de um sistema educacional pobre e deficiente quanto à capacitação técnica, premido por condições econômicas, este jovem se vê na contingência de entrar no mercado de trabalho.

Geralmente, esse mercado o recebe, como mão de obra não qualificada, envolvendo-o, desde cedo, em atividades não criativas, monótonas, e, em geral, mal remuneradas.

---

[1] YUNES, Lúcia Maria M. *Juventude*: trabalho, saúde e educação. Rio de Janeiro, Forense Universitária, 1985.

No adolescente está ocorrendo uma condição de mudança e transformação. Suas mudanças biológicas obrigam-no a abandonar a identidade infantil e os modelos predominantemente familiares.

Dessa forma, suas perspectivas se voltam para um mundo externo, numa ávida busca de modelos de participação social no mundo adulto. Essa participação se dá por via do trabalho, principalmente.

No caso dos jovens que não obtiveram sucesso na escola, de uma ou de outra forma, esta necessidade de participação vem acompanhada por uma aguçada sensibilidade em perceber padrões restritivos.

O adolescente, segundo Sarriera,[2] pode passar de uma situação de fracasso escolar a uma situação pessoal e social deficitária, que pode prejudicar a consecução de um emprego e aumentar o mal-estar psicológico, dificultar as relações sociais e aumentar a desmotivação vital.

Sobre as relações sociais, Rousseau referia que na sociedade burguesa em surgimento virtudes humanas são abolidas pelo processo de diferenciação e as formas de interação passam a caracterizar não mais "um livre

---

[2] SARRIERA, Jorge Castellá. *Aspectos psicosociales del desempleo juvenil*: um análisis desde el fracaso escolar, para la intervencion preventiva. Madrid, 1993. Tese de doutorado.

consenso de indivíduos iguais, mas a 'rivalidade' pessoal e os 'antagonismos de interesses' estruturais".[3]

Nesse sentido, os antagonismos evidenciados na sociedade burguesa daquela época são evidentes hoje em qualquer classe. Entretanto, nas camadas mais pobres, nas quais as perdas são mais evidentes, o antagonismo começa na família e o jovem chega com ele ao mercado de trabalho.

Os economistas clássicos do século XX colocaram o trabalho como categoria central da análise da realidade, dissociaram o trabalho humano como transformação da natureza, da transformação provocada no homem pela modificação do ambiente que o cerca.

A apreensão desta relação de duas vias viria a acontecer com Hegel e, mais tarde, em toda a sua racionalidade, com Marx.[4] Entretanto, para o capital não interessam os meios, mas o fim.

Para o capital, não é o trabalhador, mas o trabalho a condição para a produção; e o capital se apropria desse trabalho mediado pelo intercâmbio. Assim como foi criada

---

[3] Market, Werner (org.) *Teorias de educação do iluminismo*: conceitos de trabalho do sujeito. Rio de Janeiro, Tempo Universitário, 1994.

[4] Maya, Paulo Valério Ribeiro. Trabalho e tempo livre. *Relações sociais e éticas*: uma abordagem crítica. In: Jacques, Maria da Graça Corrêa (org.). Porto Alegre, ABRAPSO – Regional Sul, 1995.

a cultura do descartável (nos alimentos, nos eletrônicos, na música etc.), o apego aos bens, aos lugares, ao modo de ser e agir também passou a ser descartável.[5]

Mas, se a condição de "descartável" favorece o capitalismo, o mesmo não pode ser dito em relação às pessoas que chegam, como no caso dos evadidos, com perdas e insucessos frequentes à adolescência.

A adolescência é uma etapa evolutiva peculiar ao ser humano. Nela culmina todo o processo maturativo biopsicossocial do indivíduo.[6] E por serem indissociáveis esses aspectos, é justamente o conjunto de suas características que confere unidade ao fenômeno da adolescência.

Essa etapa evolutiva encontra na escola uma fase muito importante de seu desenvolvimento. É um momento da vida do adolescente em que tudo parece se desconstruir, ruir para ser construído de novo, mas de forma diferente.

A ação pedagógica visa sobretudo a favorecer o indivíduo na construção de seu mundo, por meio das interações e influências que propicia. Essas interações

---

[5] HARVEY, David. *Condição pós-moderna*. 4. ed. São Paulo, Loyola, 1994.

[6] Osório, Luiz Carlos. *Abordagens psicoterápicas do adolescente*. Porto Alegre, Movimento, 1977.

são ensejadas por situações de ensino-aprendizagem diversificadas.[7]

Todas essas situações, somadas às suas vivências familiares, relacionais, vão formando e conformando a sua personalidade. Portanto, este mundo externo tem influência altamente significativa no seu mundo interno.

O mundo externo e o interno só são separados para facilitar a análise de suas variáveis e a compreensão de seus componentes de interpretação. Na verdade, ambos são projeções da criatividade humana e, dessa forma, expressões de suas ideias, sentimentos e modos de perceber a realidade.[8]

E é com esse conjunto de percepções, de sentimentos, que se iniciaram na família e continuaram ou descontinuaram na escola, que o jovem chega ao mundo do trabalho.

O trabalho não só serve para assegurar a própria existência em termos físicos e econômicos, mas também satisfaz necessidades pessoais, sociais e de comunicação, oferecendo a oportunidade de usar e desenvolver as próprias capacidades e de ser útil para si e para a sociedade, criando um amplo leque de expectativas.

---

[7] MARQUES, Juracy C. ENSINANDO PARA O DESENVOLVIMENTO PESSOAL. Petrópolis, Vozes, 1983.

[8] Ibidem.

Embora as expectativas dos outros se constituam em fontes permanentes de influência para o comportamento individual, não são apenas as expectativas dos outros que influenciam nosso comportamento, mas principalmente as nossas próprias expectativas em relação aos resultados e consequências de nossos comportamentos.

A pessoa que se enfrenta com uma situação dilemática faz julgamentos – avalia a partir do universo de compreensão que lhe fornecem os elementos presentes – e toma decisões. Essas decisões, vindas de seu mundo interno, devem estar à altura da demanda externa (recursos de ego).

Oriundo de um ambiente familiar difícil, encontrando dificuldades na escola, a perspectiva para o mundo do trabalho pode significar momento de grande indecisão e medo, pode representar ao jovem evadido da escola mais uma ameaça do que uma esperança.

Ameaça porque o homem é um ser em processo, cujo pensar e agir vão sendo influenciados, ou até mesmo determinados, pela maneira segundo a qual a sua personalidade vai-se formando. Os fracassos vão colocando para baixo a sua autoestima.

Por outro lado, alguns fatores de personalidade são reforçados em relação ao bom nível de autoestima e ao autoconceito positivo dos alunos que tiveram êxito na escola, sendo elementos facilitadores para seu êxito no trabalho.

Aqueles que não obtêm sucesso, que encontram eco no fracasso que se encaixa em sua história de vida, nas determinações de seu dia a dia, vão para o trabalho com o fracasso escolar a refletir-lhes.

Sem dúvida o fracasso escolar poderá influir no sujeito a ponto de fazê-lo chegar ao trabalho com uma visão negativa de si mesmo, com sentimento de inferioridade e condutas sociais inibidas e retraídas.[9]

A educação é um fato social – integração comunitária, relação econômica, instituição etc. –, mas antes, ou conjuntamente, um fato existencial. Refere-se ao modo como (por si mesmo e pelas ações exteriores que sofre) o homem se faz homem.

"A educação configura o homem em toda a sua realidade. Pode-se dizer que é o processo pelo qual o homem adquire sua essência (real, social, não metafísica). É o processo constitutivo do ser humano."[10]

Assim, o adolescente, que se está constituindo, encontrando reprovação no decorrer do fenômeno da formação escolar (da sua formação pessoal), procurará

---

[9] SARRIERA. Op. cit.

[10] PINTO, Álvaro Vieira. *Sete lições sobre educação de adultos*. São Paulo, Cortez, 1994. p.10.

continuidade desse processo no mundo do trabalho. Um mundo novo, ameaçador, não menos exigente do que a escola. Pelo contrário, muito mais exigente, concorrido, onde não há lugar para todos.

Como vimos, o trabalho não só serve para assegurar a própria existência em termos físicos e econômicos, mas também satisfaz a necessidades pessoais, sociais e de comunicação, oferecendo a oportunidade de usar e desenvolver as próprias capacidades e de ser útil para si e para a sociedade.

Entretanto, a sociedade não oferece trabalho para todos que necessitam. A educação engedra o progresso social, produz uma diferenciação de passado, presente e futuro. Essa integração implica realização da natureza humana.

A falta de trabalho pode resultar numa série de dificuldades na vida das pessoas e em especial aos jovens que se encontram em processo de busca de sua identidade pessoal e social, e necessitam, sobretudo, encontrar seu lugar dentro do sistema sociolaboral.[11]

A atividade do homem em relação à natureza ressalta, de um lado, a necessidade de apropriar-se dela sob o aspecto da utilidade, tentando subjugá-la as suas

---

[11] SARRIERA. Op. cit.

necessidades básicas, sob o ponto de vista racional com relações afins. De outro lado, é também social, psicológica e comunicativa.

Os dois modos de ação – ação instrumental e ação comunicativa – estão unidos respectivamente a dois meios: o trabalho e a linguagem. A linguagem e o trabalho condicionam os diferentes interesses de conhecimento, os quais conduzem e tornam possível o processo de apropriação da natureza por parte do homem.

A grande contribuição da escola ao trabalhador é ensinar de fato a expressão oral, a leitura, a escrita e as operações fundamentais da aritmética. Se assim o fizer, estará contribuindo para a sua liberação, pois o desconhecimento de tais técnicas coloca o operário numa posição extremamente desigual frente aos que o exploram, e o operário sabe muito bem disso.[12]

No momento em que o homem trabalha, está em função de um interesse no conhecimento instrumental, técnico, uma vez que ele somente consegue dominar a natureza e utilizar-se dela se conhecê-la.[13]

Já tendo falhado uma vez em relação ao conhecimento (na escola), este jovem se vê inseguro ao tentar apropriar-se do conhecimento técnico exigido pelo mundo

---

[12] CHAUÍ, Marilena. *Convite à filosofia*. São Paulo, Ática, 1994.

[13] HABERMAS, Jurgen. *Para a reconstrução do materialismo histórico*. São Paulo, Brasiliense, 1990.

do trabalho. Agora está em risco não uma nota no boletim, mas um pedaço de pão à mesa, um quilo de carne, uma fruta para ele ou seu filho comerem.

Por essa via, não podemos separar a associação de trabalho orientado para a sobrevivência, bem como o reflexo do fracasso escolar no trabalho, mas também não podemos esquecer o significado social do trabalho.

Há que se considerar que, em uma sociedade como a atual, o trabalho representa o meio privilegiado das referências sociais, pois estrutura o espaço, o tempo e as relações sociais.

Um fracasso no trabalho, portanto, constitui mais que um fracasso econômico, mas também fracasso social. Excluído da escola pelo fracasso, e do trabalho também, o jovem irá buscar outros mecanismos de construção de status e de identidade social.

Considerando o fracasso na adolescência, momento de estruturação da personalidade, de altas expectativas, de fortalecimento da autoestima, do autoconceito, podem decorrer daí uma série de condutas marginais, oriundas de um processo de degeneração de vários aspectos psíquicos e sociais que começou antes de sua formação.

Segundo Sarriera,[14] o fracasso escolar pode gerar uma frustração pessoal e social, a qual a pessoa tentará

---

[14] SARRIERA. Op. cit.

superar por meio de condutas marginais e delituosas, que busquem o êxito junto aos companheiros também fracassados.

Assim, a repercussão do fracasso escolar é muito maior de que se pode imaginar. O fracasso escolar pode tornar-se um predecessor do fracasso no trabalho, e este na vida, transformando-se num fracasso social, claro processo de marginalização.

Portanto, a importância da escola não é somente pela "aprendizagem" (que já seria por si só fundamental), mas também pelas capacidades vitais que desenvolvem nas crianças e adolescentes, fundamentais para o seu desenvolvimento pessoal e social.

Referências bibliográficas

ARROYO, Miguel G. (Org.). *Da escola carente à escola possível.* São Paulo, Loyola, 1991.

BLOS, Peter. *Adolescência* – uma interpretação psicanalítica. São Paulo, Martins Fontes, 1994.

BRANDÃO, Carlos Rodrigues. *O que é educação.* São Paulo, Brasiliense, 1981.

BRANDÃO, Sérgio Vieira. Literatura e inclusão social. *VOX XXI – Revista de Cultura,* Porto Alegre, IEL-SEDAC/CORAG-SARH, n.14, pp.3-7, jan./2002.

————. Frank, o terrível (Violência na escola). VOX XXI – *Revista de Cultura,* Porto Alegre, IEL-SEDAC/CORAG-SARH, n.21, pp.3-5, ago./2002.

CHAUÍ, Marilena. *Convite à filosofia.* São Paulo, Ática, 1994.

CLARK, Grahame. *A identidade do homem.* Rio de Janeiro, Zahar,1985.

ENGELS, Friedrich. Sobre o papel do trabalho na transformação do macaco em homem. In: MARX, Karl & ENGELS, Friedrich. *Obras escolhidas.* São Paulo, Omega, s.d.

FERNÁNDEZ, Alícia. *A inteligência aprisionada.* Porto Alegre, Artes Médicas, 1990.

FERREIRA, Berta Weil et al. *Psicologia pedagógica.* Porto Alegre, Sulina, 1977.

HABERMAS, Jurgen. *Para a reconstrução do materialismo histórico.* São Paulo, Brasiliense, 1990.

HARVEY, David. *Condição pós-moderna.* 4. ed. São Paulo, Loyola, 1994.

LIDZ, Theodore. *A pessoa:* seu desenvolvimento durante o ciclo vital. Porto Alegre, Artes Médica, 1983.

MARKET, Werner (org.) *Teorias de educação do iluminismo:* conceitos de trabalho do sujeito. Rio de Janeiro, Tempo Universitário, 1994.

MARQUES, Juracy C. Ensinando para o desenvolvimento pessoal. Petrópolis, Vozes, 1983.

MAYA, Paulo Valério Ribeiro. Trabalho e tempo livre: uma abordagem crítica. In: JACQUES, Maria da Graça Corrêa (org.). *Relações sociais e éticas.* Porto Alegre, ABRAPSO – Regional Sul, 1995.

OSÓRIO, Luiz Carlos. *Abordagens psicoterápicas do adolescente.* Porto Alegre, Movimento, 1977.

PATTO, Maria Helena Souza. *A produção do fracasso escolar.* São Paulo, Queiroz, 1991.

PINTO, Álvaro Vieira. *Sete lições sobre educação de adultos.* São Paulo, Cortez, 1994.

SARRIERA, Jorge Castellá. *Aspectos psicosociales del desempleo juvenil:* um análisis desde el fracaso escolar, para la intervencion preventiva. Madrid, 1993. Tese de doutorado.

VALENTE, Maria Luisa Louro de Castro. *Fracasso escolar:* problemas de família. São Paulo, HFV Arte e cultura, 1995.

YUNES, Lúcia Maria M. *Juventude* – trabalho, saúde e educação. Rio de Janeiro, Forense Universitária, 1985.

Sumário

Apresentação..7

Aluna "nota zero" 9

Quem não repete o que o professor diz... 17

Uma bomba...23

A lista das meninas 31

Iniciando a procura 39

Uma pétala de flor..47

– Era tão jovem..53

A vida bate à porta 55

O conselheiro..59

Considerações para o professor 61

    Refletindo sobre o texto..................................61

    Trabalhando o texto...63

    Escola, adolescência e trabalho 65

Referências bibliográficas.......................................77

Impresso na gráfica da
Pia Sociedade Filhas de São Paulo
Via Raposo Tavares, km 19,145
05577-300 - São Paulo, SP - Brasil - 2010